W0308976

Primera edición: febrero de 2014

© 2014, Bonalletra Alcompás, S.L.
© 2014, Penguin Random House Grupo Editorial, S.A.
Travessera de Gràcia, 47-49. 08021 Barcelona

Fotografías: Shutterstock, excepto la fotografía de la propuesta número 26, procedente de Istockphoto.
Diseño y maquetación: Kira Riera Contijoch, para Bonalletra Alcompas, SL.

Quedan prohibidos, dentro de los límites establecidos en la ley y bajo los apercibimientos legalmente previstos, la reproducción total o parcial de esta obra por cualquier medio o procedimiento, ya sea electrónico o mecánico, el tratamiento informático, el alquiler o cualquier otra forma de cesión de la obra sin la autorización previa y por escrito de los titulares del copyright. Diríjase a CEDRO (Centro Español de Derechos Reprográficos, http://www.cedro.org) si necesita fotocopiar o escanear algún fragmento de esta obra.

Printed in Spain – Impreso en España

ISBN: 978-84-9043-197-9

Depósito legal: B-25359-2013

Impreso en Gráficas 94.

G T 3 1 9 7 9

(Atrévete de una vez)

101 MANERAS infalibles de decir TE QUIERO

Montena

TE QUIERO

SI
NO
LO
VES,
ESTÁS
CEGATO

2

TE VI
Y PULSÉ

"*Me gusta*"

Algunos días
SON MEJORES
QUE OTROS
pero todo va bien
SI EN TODOS
ESTÁS TÚ

lo nuestro es

4

de película

5

NUESTRO AMOR NO NECESITA *aderezos*

SALSA
DE
HUMOR,
PASIÓN Y
BUENRI.

Me siento
happy
flower

No sé
cómo,
por qué,
cuándo,
ni dónde...

pero

TE QUIERO.

QUERERTE ES COMO IR EN BICICLETA

Nunca se me olvida cómo hacerlo.

CONSEJO SALUDABLE:

VERDURAS, FRUTAS Y BESOS,

5

PIEZAS AL DÍA

ANDA

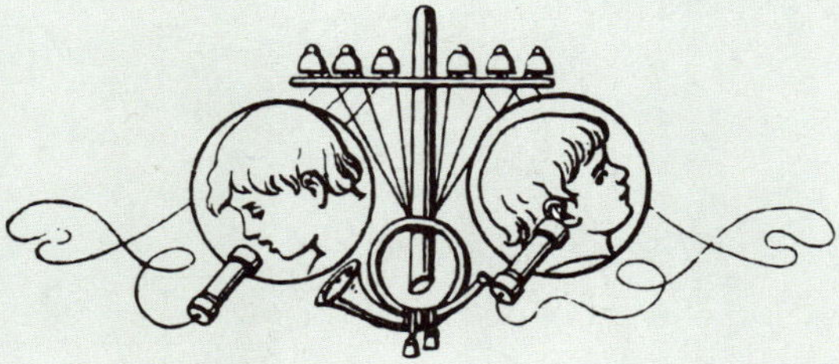

WASSAPEAME OTRA VEZ...

I LOVE YOU

ICH LIEBE DICH

JE T'AIME

TQM...

¡Lo pillas?

¿Verdad que siempre es un buen momento para decirte que **te quiero?**

JUST LOVE ME.

13

14

CIEN ELEFANTES SE BALANCEABAN SOBRE LA TELA DE UNA ARAÑA.

TÚ Y YO ESTÁBAMOS DEBAJO, ABRAZADOS, Y NOS MORÍAMOS DE RISA.

La vida

ES DEMASIADO CORTA

PARA NO PASAR CADA

microsegundo

DEL DÍA

contigo

16
SOÑÉ, SOÑÉ Y SOÑÉ...
Y AL FINAL TE ENCONTRÉ.

17

Nosotros sí que hacemos un buen EQUIPO

We love with a love
that is more than love.

EDGAR ALLAN POE

CAKESUP

Hoy prepararemos
un pastelito con superpoderes
para disfrutar del amor,
la felicidad y el buen rollito.

RPOWER

RECETA

1 yogur natural
1 y 1/2 envases de yogur llenos de harina
1 y 1/2 envases de yogur llenos de cacao en polvo
1 envase de yogur lleno de azúcar
1 envase de yogur lleno de aceite girasol
1 sobre de levadura
3 huevos
1 pizca de nuestros buenos deseos

1. Batirlo todo junto con la batidora.

2. Verter la masa en un molde untado con mantequilla.

3. Hornear a 150° una media hora.
Pincharlo para saber si está listo.

¡Ya está preparado! ¡Mojado en leche tiene aún más superpoderes!

Quiero

acompañarte
incluso en
tus sueños.

(Para mí)

ERES

(casi casi)

PERFECTO

Contigo el AMOR es como

la fotografía

Siempre se fija

en la parte brillante de las

COSAS

Te comento que **te quiero** con una conversación informal.

CONTIGO
(Y CON WIFI)
SOY FELIZ

He escrito aquí algunas de las cosas que me gustan de ti:

Precioso

OCURRENTE

Atrevido

Irónico

Sincero

Divertido

LISTO

GUAY

Brillante

26

HOY TENGO GANAS DE GRITARLO A LOS 4 VIENTOS

Juntos, al mal tiemp

pondremos buena cara.

ME ENCANTA CUANDO NUESTROS PLANES *salen bien*

TUS BESOS SON COMO UNA

CAJA de BOMBONES

NUNCA SABES CUÁL TE GUSTARÁ MÁS

There is no mountain high enough

ESTE ES NUESTRO RESTAURANTE FAVORITO

Bistro Good Love

Sensaciones 100% bio

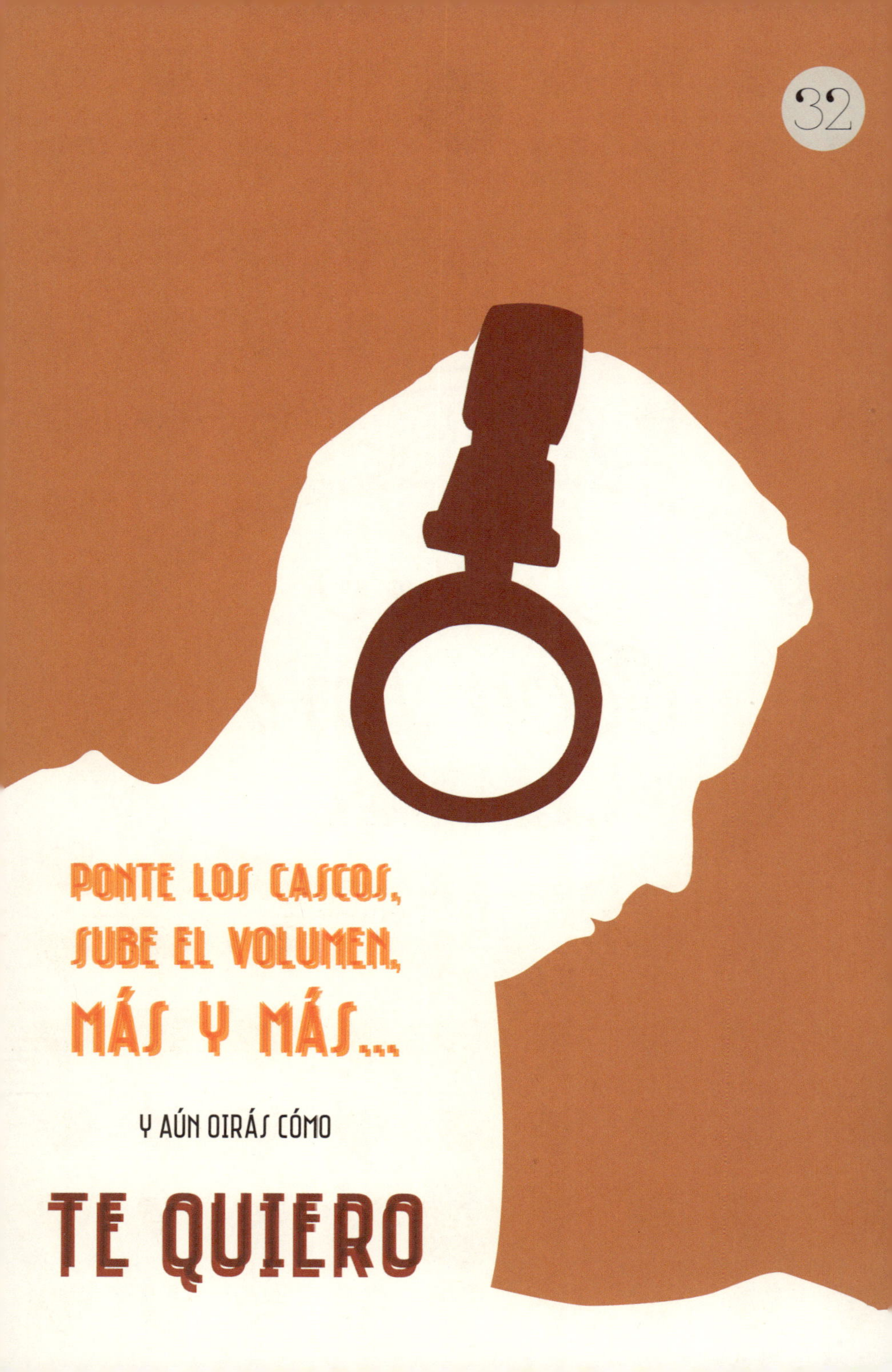
32
PONTE LOS CASCOS,
SUBE EL VOLUMEN,
MÁS Y MÁS...
Y AÚN OIRÁS CÓMO
TE QUIERO

33

DESDE QUE TE CONOCÍ,

VIVO EN UN LUGAR

No es lo que tienes,
es lo que eres.

Ahhhhh...

Me has vuelto a dejar sin aliento

TE
QUIERO

Firmado: Anónimo

EN ESO SÍ QUE

estamos de acuerdo

tú y yo

LOS DOS

te queremos

Si amar
es un ARTE,
deberíamos vivir
en el Museo
del Prado.

¿Tocar el **cielo**?
¿**Enloquecer** de amor?

Pues no, ¡ni falta que hace!

Lo nuestro ya
es un **completo**.

Sí,
soy un poco
hippy.

I
megalove
you

41

Juntos podemos ser lo que queramos

Y COLORÍN, COLORADO...

NUESTRA HISTORIA
HA COMENZADO.

Tu alegría es mi
piedra filosofal.

Be happy, don´t worry:

ESTAMOS JUNTOS.

Ni busco, ni comparo.

Nunca encontraría a nadie mejor que tú

Te quiero,
ergo sum.

Juntos, somos los reyes

47

Entre tú y yo, lo mejor está por llegar.

Toma
un beso

Te comunico que yo
(STOP)
quiero pasar
(STOP)
mi vida contigo
(STOP)
Retro

¡DESAYUNAR CONTIG

S EL PREMIO GORDO!

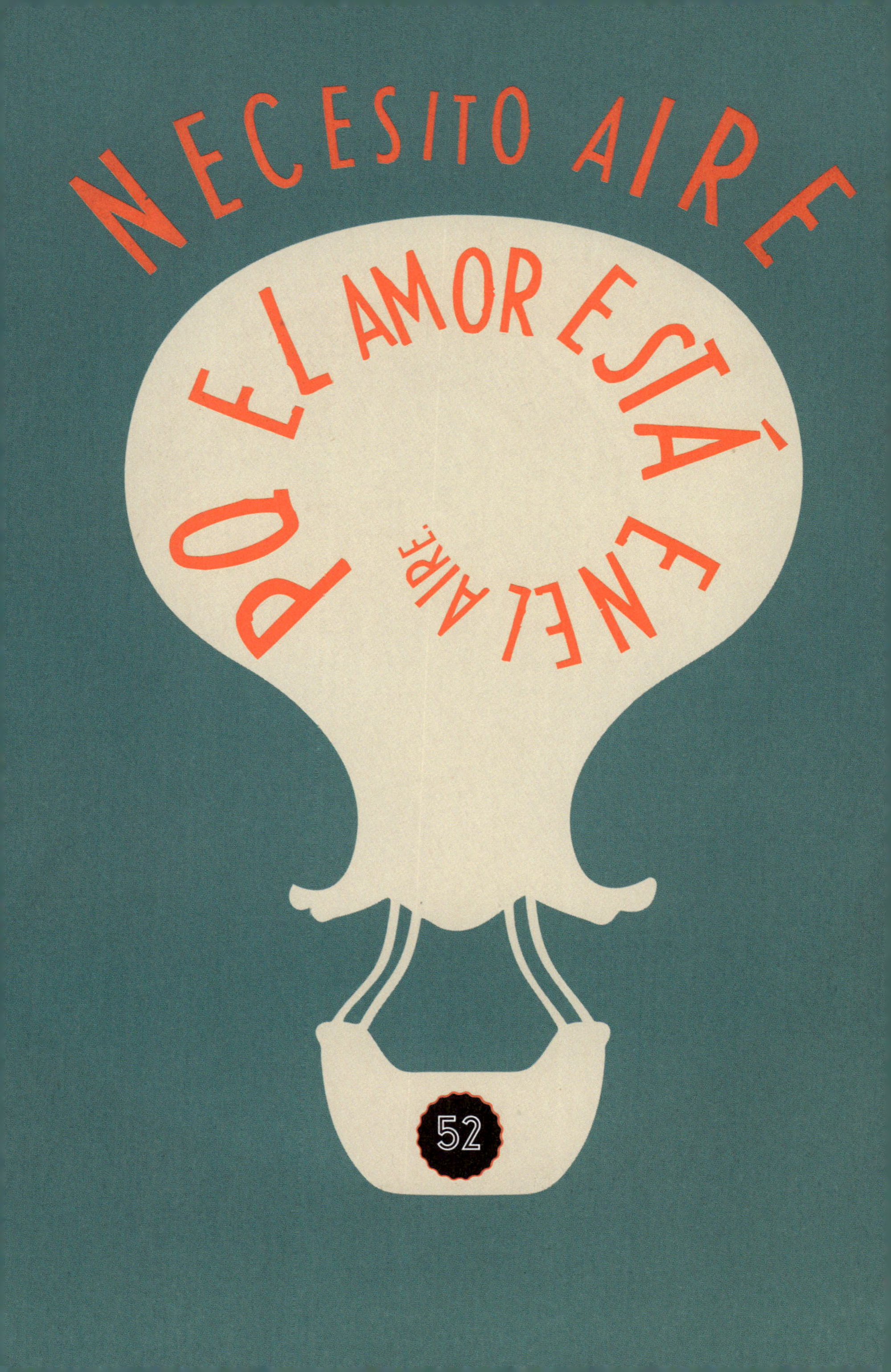
NECESITO AIRE
PD EL AMOR ESTÁ EN EL AIRE.
52

Menú 3 estrellas para hoy

COMER

BEBER

REÍR

&

AMAR

Desde siempre y para siempre

El mejor

TRATAMIENTO

~ANTIESTRÉS~

ES UN RATO

de risas

CONTIGO

ERES LA

CHISPA

DE MI VIDA

Eres perfecto, tierno y dulce como un...

Normalmente, tengo problemas para recordar una cara nueva.

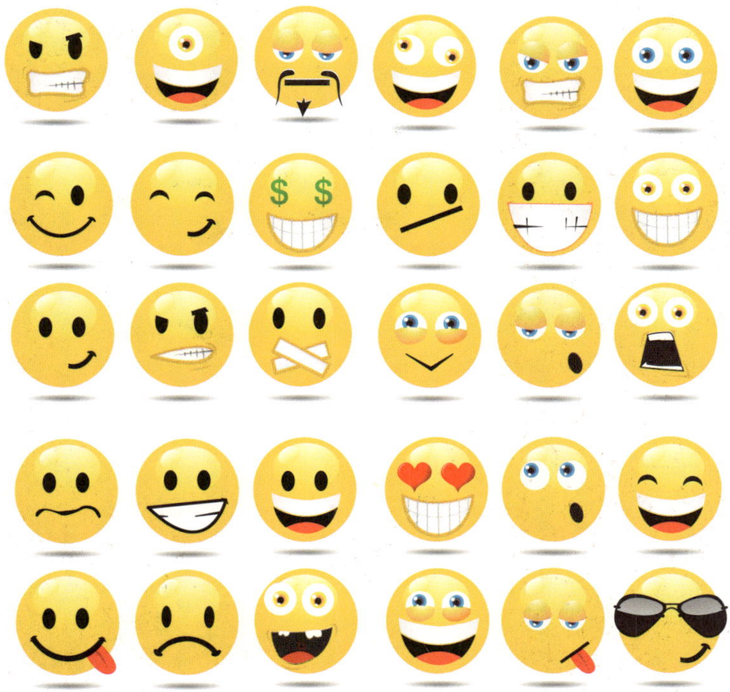

Contigo se produjo el milagro.

SI NO NOS VEMOS,

NOS IMAGINAMOS.

Contigo,
el amor es un viaje,
no un destino.

Si

SOLO

PUDIERA PEDIR

UN DESEO

SERÍAS

tú

~ ESTOY TAN COLGADA (DE TI) COMO TÚ (DE MÍ) ~

62

Sin
ti y sin
HELADOS
todo sería
OSCURIDAD
y
CAOS

(Como dice la canción de Leonard Cohen)

NUESTRO AMOR

NO TIENE CURA,

pero es la cura

DE TODOS MIS MALES.

El primer
beso fue mágico,
el segundo fue íntimo,
con el tercero llegó
la adicción.

Vamos juntos, como el ketchup y la mostaza

PASEN Y VEAN

★ ★ ★

UN AMOR SOBRENATURAL.

¡LO NUNCA VISTO!

Porque tú

lo vales.

NO CONOZCO OTRA RAZÓN
PARA AMAR QUE AMARTE.

Fernando Pessoa

¿CARA O

CRUZ?*

* CARA: GANA TE QUIERO
CRUZ: GANA TE AMO

¿A QUE NO PUEDES RECIBIR
SOLO UNO?

BUSCA, BUSCA.
POR MÁS QUE
TE ESFUERCES,
NO ENCONTRARÁS
LA SALIDA.
¡TE ATRAPÉ!

No Love.

no Party.

ANOTA

EN LA

AGENDA

Quedamos:

EL LUNES, EL MARTES,
EL MIÉRCOLES, EL JUEVES,
EL VIERNES Y EL SÁBADO.

EL DOMINGO

VAMOS

de pícnic.

8
LUNES

9
MARTES

10
MIÉRCOLES

11
JUEVES

12
VIERNES

13
SÁBADO

14
DOMINGO

pícnic

YA LO VES: VOY LANZADA.
DISPUESTA A HACER DIANA.

76

EL DÍA QUE TÚ
NO ARDAS DE AMOR,
MORIRÉ DE FRÍO.

escribió François Mauriac

77

HOY PUEDE SER

(SI ESTÁS A MI LADO)

UN GRAN DÍA

I WANT
YOU

Si

ESPERABAS

UNA SEÑAL,

AQUÍ

LA TIENES.

NUEST
CIRCUL
POR UNA
Y SIN
¡Feliz

AMOR
EGURO
RÁPIDA
AJES.
iaje!

ME SACAS

MI MEJOR SONRISA

MUY BIEN. HAS PASADO YA

9 NIVELES

TE QUEDAN UNOS

12.000

¿SEGUIMOS JUGANDO?

Lo siento.
No dura lo mismo
una hora contigo
que una hora sin ti.

CONSULTA CON TU FARMACÉUTICO ANTES DE ANULARME UNA CITA.

Amor Eterno

Podrá nublarse el sol eternamente;
podrá secarse en un instante el mar;
podrá romperse el eje de la tierra
como un débil cristal.

¡Todo sucederá! Podrá la muerte
cubrirme con su fúnebre crespón;
pero jamás en mí podrá apagarse
la llama de tu amor.

Gustavo Adolfo Bécquer

Nací, crecí, te conocí,

Me sonreíste

me llegó tu Whasapp...

Y soy feliz

TE QUIERO, TE ADORO Y TE COMPRO UN LORO.

88

¿QUIÉN DIJO QUE NO SOMOS UNA PAREJA EQUILIBRADA?

LO NUESTRO ES BESTIAL

90

Contigo

HAY

SIEMPRE

UN

MOTIVO

PARA

sonreír

92

Vaya adonde vaya
siempre acabo
pensando en ti.

ERES

MI DULCE

HOGAR

ME PIRRAN
NUESTRAS
LOCURAS

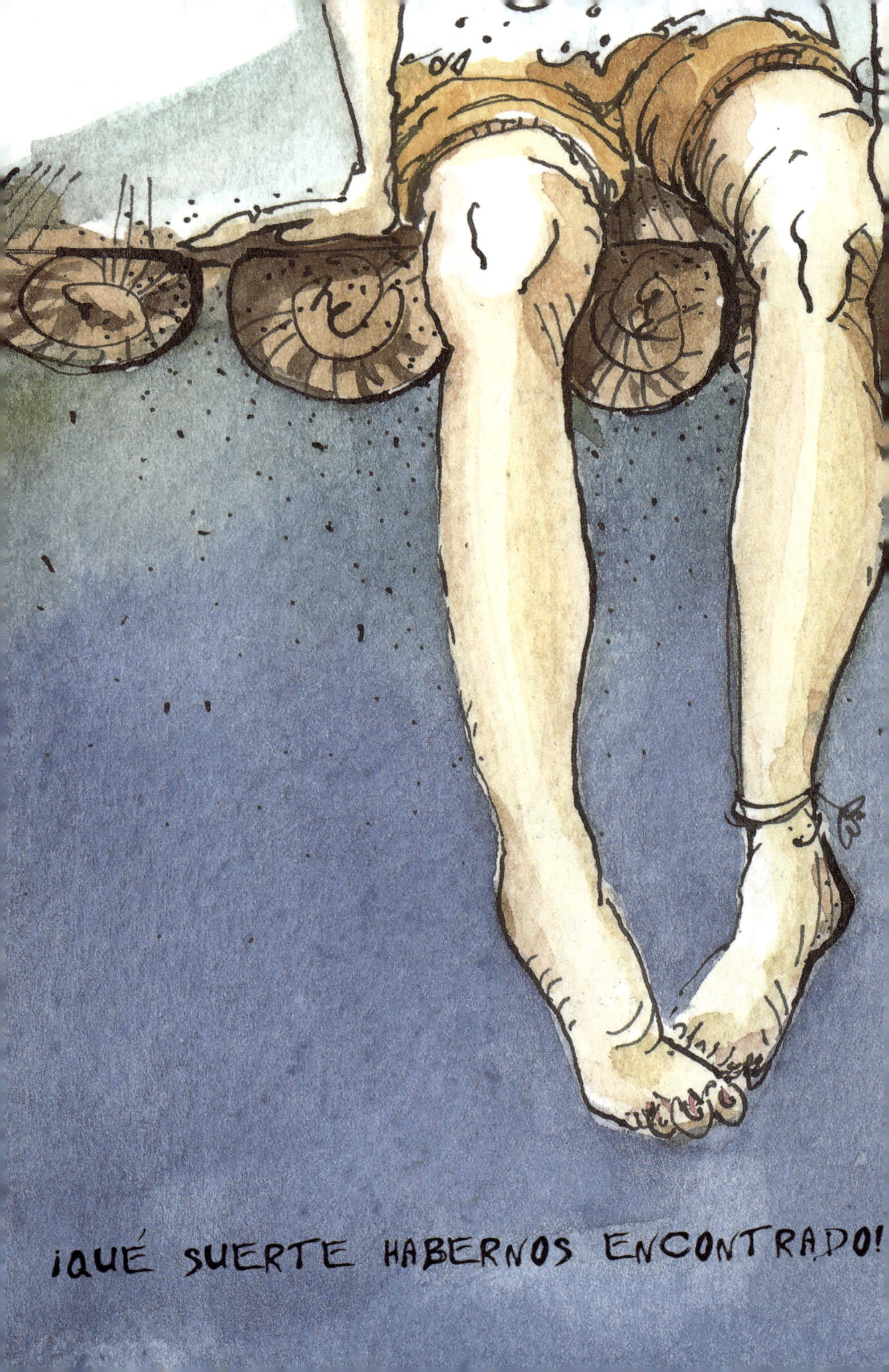
¡QUÉ SUERTE HABERNOS ENCONTRADO!

HAGA LO QUE HAGA, SIEMPRE ACABO PENSANDO

EN TI.

96

A TU LADO

SOY FELIZ COMO
UNA PERDIZ

LALALALA

1 BUEN ROLLITO + 1 BUEN ROLLITO =

Muy buen rollito

LA RECETA DEL ELIXIR DE AMO

INGREDIENTES:

1 mango

3 zanahorias

1 manzana verde

6 fresas

200 ml de zumo de naranja

NFINITO

MODO DE PREPARACIÓN:

Pelar y triturar el mango, mezclarlo con la manzana cortada en trozos y sin semillas.

Luego agregar las zanahorias (también peladas y cortadas en trozos).

Licuar todos los ingredientes hasta que quede suave.

Añadir entonces las fresas, el zumo de naranja y volver a triturar la mezcla.

Colar y servir en dos vasos con cubitos de hielo.

Saborearlo juntos.

A tu lado, tengo superpoderes

100

TE QUIERO

365 días al año

IOI

AQUÍ TE OFRECEMOS ALGUNAS IDEAS PARA CREAR TUS TARJETAS PERSONALIZADAS. PUEDES FOTOCOPIARLAS O FOTOGRAFIARLAS Y ENVIARLAS A TRAVÉS DE TU MÓVIL A LA PERSONA ELEGIDA PARA EXPRESARLE TU AMOR, TU AGRADECIMIENTO O, SENCILLAMENTE, EL BUEN ROLLITO QUE TE PRODUCE ESTAR A SU LADO.

¡RECUERDA QUE SON INFALIBLES!

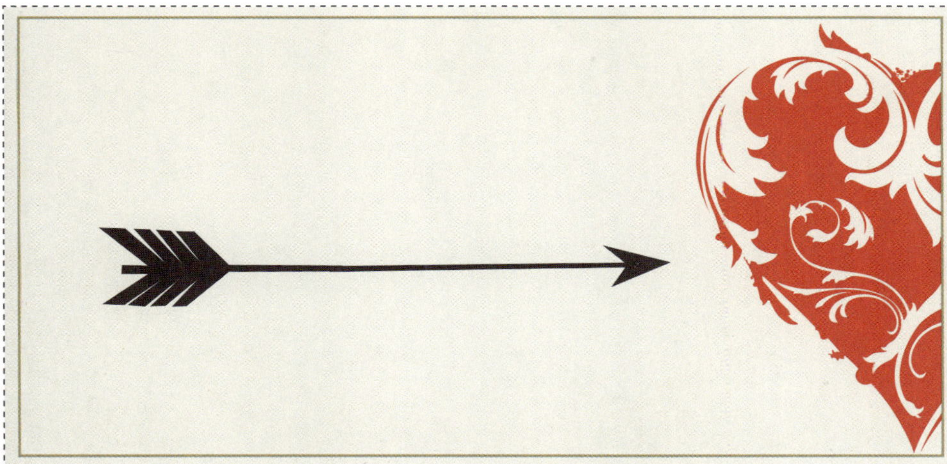